横浜の空が
いつも綺麗なのは
特別何かを
しているわけじゃない
きっとあなたがいるからだ
さくら

横浜の空

五行歌恋物語

横浜の空　五行歌恋物語　目次

はじまり

舞い込んだ
一枚の葉書が
運命を変える
ヒロインに
なった日

君は
私のエンジン
逢えるとなったら
仕事だって
じゃんじゃん捗《はかど》る

駅までを
こんなに速く
歩けるなんて
君に会いに行く
日曜日

汽車道が
足裏に
柔らかく響いて
待ちかねたメールに
走り出す心

【汽車道】横浜にある遊歩道。明治に開通した臨港鉄道の一部。現在、観光名所となっている。

細かな泡が
笑いながら上がり
琥珀色のグラスに
海が重なる
夏の到来

オレンジのカクテルを
味わいながら
珍しくて
可笑しい話に
広がる世界

君のとなり
それだけで
ホッと
幸せ
ハートマーク

妻のために
頑張ってきたと
胸を張る君だから
心
許せる気がした

二人の未来を決めて
亡き妻に
報告したと
君の律義さに
好感度ＵＰ

ちょっとした言葉に
真実が顔を出す
「前の家内は…」
奥さんはもう
過去の人なんだね

心の中に
居付いてしまったから
風の先にも
君を
探している

海風の街で

複雑すぎた
私の方程式を
君の温もりが
解いていく
海風の街で

際立つ白い摩天楼
みずみずしい
蟬の声を聴きながら
君に会いに行く
雨上がり

ここは
海と光の街
手をつないで
歩くことが
似合う街だ

古城に吹き付ける
海風は
緑の蔦を揺らし
遥か昔に
今を伝える

君の町に住む
潮風よ
君に触れたなら
私を
吹き抜けていけ

唇に
君の余韻をのせて
歩く煉瓦道
蟬の声
しきり

高速の
ライトに
導かれ
君と私の
夢の夜

ＫＩＳＳしようよ
みなとみらいの
この夜景
二人の
記念日にする

夜七時
パンケーキに人の列
驚いて
笑いあえる
君がいる

高級クレープは
美味しいけれど
幸せをくれはしない
君と一緒の
コンビニドッグの幸せ

今この時に
君の隣に
いることの
かけがえのない
不思議

カーテンを開けて
光と
君を
纏《まと》って眠る
ベイサイド

丸ごとの私を
抱き締めてほしい
遥かな歴史と
広大な宇宙の
塵のようであっても

やってきた浜風

君からの電話で
元気メーターが
急上昇
人生って案外
単純かもしれない

だしは卵の
五割
ふわふわの
だし巻き卵が
君を待つ

来るはずのない君が
立っていた
扉の向こう
ピーチ色の風
入り込む

俺の時間だと
抱き締めた
土曜返上で
お客のために
走る君だ

君のもとなら
眠れると
嬉しい言葉
暮らし始め
茶碗二つの

君の肩先に
触れて眠る
指先から流れ込む
命の温かみ
気が体にみなぎる

君の残していったものは
昨日の下着と残り香
さよならではなく
行ってらっしゃいと
声かける

いつもと同じ
休日だけど
ヒゲソリに思う
君の
存在感

通勤の朝も
中華街行きに乗れば
気持ちは
君行き
急いでメールを開ける

車をすっ飛ばし
竜巻の君
私を抱き締めて
飛び出していく
梅雨の晴れ間

君の居場所が
広がって
すべて捨て去ることも
許せてしまう
心の引き出し

海を眺めて

髪を軽くして
夏の折り返し
君の住む街の
海風に
逢いに行く

大さん橋の
木道を響かせて
あと100mで
君の
元

【大さん橋】横浜港大さん橋国際客船ターミナル。ウッドデッキのある屋上は見晴らしもよく、観光名所ともなっている。

君の腕の中に
飛び込めば
何もかもリセット
ただの
私になる

したいことがあれば
何でも協力できるよ
といった君
あるよ
君と暮らすこと

今日の海は
という生活に
入るのだろうか
「いいね」と私
「うん」と君

みなとみらいを
パノラマにする
君の好きな公園を
これから私も
好きになる

君が見せてくれた景色
君が掛けてくれた言葉
君の全てを受け止めて
生きていこう
この場所で

今日一日を
懸命に生きて
あなたを
愛《おも》える幸せに
深呼吸する

夕焼け雲

遠くから
横浜を思っています
横浜にいる
あなたを
思っています

竜巻のごとくやってきて
キスだけ奪っていった君
一日待っていて
あっけない
今日の終わり

ゲリラ豪雨の中
帰る車を
気遣いながら
ひとり聞く
アパートの雨音

君の声響く
電話口
眠れなかった夜が
遠ざかっていく
朝の始まり

忙しい君のメール
何度も読む
行間に
逢える隙間を
見つけるために

初めて待っていた喫茶店が
密かなお気に入り
涙が溜まってくると
甘いカフェオレを
飲みにいく

ちょっと
悲しいことがあって
見上げた空に
夕焼け雲
明日は晴れなんだね

美しいものを見ると
誰かに
語りたくなる
贈りたくなる
心ごと

君の街に
繋がる列車に
飛び乗ってみる
逢えなくても
それが私の今日

君を待って
一時間
会えたのは五分
みなとみらいから
中華街駅まで

飛びつきたいのを
我慢して
君に背を向ける
後ろ髪
百km

君のいた夏を
確かに語る
箸置き二つ
流しの端に
身動きせず居る

木枯らしの季節

魚介を入れ終わった途端に
チャイム音
ドアを開ければ
木枯らしを背負った
君がいる

こっちは寒いなあ～
二時間かけて
南の町からやって来た
君の背中に
冷やかし木枯らし

料理を食べたら
「おいしいね」
そのひとことが
深める
絆

ウルトラマンを
愛したのは
私の不覚
いつだって
仕事に飛んでっちゃう

忙しいのだと
言えば
免罪符になるような
現代人の錯覚
君にも私にも

君の大好きな具だけ
残しておいたおでん
味が染みて
美味しいはず を
ひとり 食べる

具のない味噌汁だって
ないよりはマシ
私だって
誰かさんにとって
いないよりマシな筈だ

指先をじんじんさせて
メール打つ
木枯らしの中にも
ほっとする
君の文字

叶った夢ひとつ
イルミネーションを
歩くこと
嬉しそうな
君の横顔

結婚しようよ　と
書き残した
灯籠の光は
永遠に残る
ドラマの一《ワン》シーン

人目も憚らず
抱き締めた君を
信じよう
大さん橋の
大晦日

観覧車の
カウントダウンと
汽笛の中で
君とはじまる
新しい年

仕事の合間に
送り迎えをしてくれた
君の心に
後押しされる
新年の一歩

二人旅

「綺麗だなあ」
君と見た
藤の花
これからきっと
好きになる

右手に見えた富士が
左手に見える
海老名を出た辺り
君とふたり
茅ケ崎への道

たとえ一軒でも
お客はお客と
鳶《とんび》が
飛び交う里へ
出向く君だ

君と一緒の
湯の上を
渡る風に
解かれていく
心

「カラーテレビみたいだね」
都会から来た
君の言葉に
大笑い
川面の紅葉色

見事な紅葉に
感動の君
それでも
目に飛び込んでくるのは
「蕎麦」の二文字

オレンジの
紅葉《もみじ》のトンネルの下で
キスしよう
今なら
誰も見ていない

君と行く
初雪を踏んで
八ヶ岳の
青空に
足跡

白樺の林が
手を伸ばして
励ましてくれる
お行きよ
愛しい人が待っている

ウソという鳥に
うっそー
と笑い合う
君といれば
すべて楽しい

慌てていると知ったら
とぼけた歌を
歌ってくれた
君のナイスフォローに
感謝

吊り橋の真ん中で
寝転がり
わざと揺らす
子供みたいに
大騒ぎして

俺ここに
布団敷いて居つきたい
食事制限の君が
叫んだ
駅ビル有名食品街

食べ放題で
食あたり
雷雨にも感謝して
少しでも長く見る
君の寝顔

三春桜や
芝桜
桜を追って
旅をしようと
二人の未来図

あれも
それも
これも
全部ひっくるめて
君が好き

曇り空の日

本当に
受け入れてくれる街か
自分の足で
確かめてみる
曇り空の日

「ただ一目逢いたい」
無精髭で
ふらふらの
君のメール
永久保存する

一瞬にして
真っ黒に変わる
オセロ盤
背負わされた
借金の額に唖然

落ちていく君が向かう
夜の大黒埠頭
携帯握りしめ
ただ〳〵
無事を祈る

すべて失って
コンビニの
おにぎり生活が
始まった
君の隣に私

飛び立った綿毛
着地寸前で
また風に流された
行く先は
不明のまま

幸せになってくれと
いわれても
素直に頷けない
大切なものは？
と問いかける

君への
長文メールを
誤って消す
消えた意味まで
考えている

恋心をのせた
ベクトルが
それぞれの方を向いて
むっつりと
にらみ合う

心を写せる
カメラがあればいいのに
心を開く
扉があればいいのに
君と私に

曇り空だからか
あんなに
低く飛んで
人とは反対に
カモメは楽しげ

心を病んだ
母の介護に
右往左往の君
何もできずに
蚊帳の外の私

枯れ気味に育てれば咲く
ブーゲンビリアが
愛おしい
苦難に耐えて生きる
君のようで

落ち残った
花梨ひとつ
冬枯れの中で
光りながら
行く末を案じている

きっとすべて
うまくいく
と書かれた
ハンカチを買い
溜息を覆う

青空に
詰まった心を
放ちたい
朝もある
空っぽになるまで

届かぬ夢

曇りガラスを
かぶせた心で
仕事をしている
君の
精密検査を知って

「大丈夫だよ」
向けた背中に
力ない君が
透けている
告知を聞いた日

亡くなった奥さんと
君を挟んで
命の綱引き
勝ち目のない
勝負に挑む

一緒に
老いていくことは
奇蹟
届かぬ夢を
抱き締めてみる

死を覚悟した君の
静かな背中
振り返った眼差しの
力強さに
たじろぐ

『一人でいたい』と
携帯越しに君
途中下車したベンチで
追いかける私の心が
戻るのを待つ

君に会いたい
隣にいて
怖がらなくてもいいよ
と
手を取ってあげたい

群れを離れる象に
憧れる君だ
死は一人のものではないと
説いた言葉は
届いたろうか

鳥よけで喧嘩した
妹夫婦の話に
脳腫瘍で別れ話した
君と我が身を
振り返る

明日のことなど
誰にもわからない
命の宣告は
神様がくれた
チャンス

来るなと気張った
君の背中を
病院の待合室で
こっそり
見守っている

夜風が
手をつながせる
すれ違った心が
解けていく
花火の晩

とくとくと流れる
私の命を
君に繋《つな》げたくて
飛び込む
君の胸

どれほど好きかなんて
目には見えない
耳にも聞こえない
ただ心の芯が
震えている

看取れよ
と君
観念したように
ほっと
したように

大さん橋を
車椅子押しながら
散歩する夫婦がいる
あれが理想と言ったら
君は笑うか

七夕の晩

病魔に取りつかれた
君と
生きる
時の長さではなく
思いの深さで

手足の先の冷たさは
糖尿の症状
不安げで
眠れない君の手を
黙って握る

失明の不安を
包み込むように
重ねた手に
ハッとした君
一緒にいるからね

横浜の街を
神奈川の道を
運転できるようになりたい
君の
眼になって

美しいものや
優しいものや
正しいものを
見てみたいのだ
君と一緒に

短い文に
愛情を
詰め込んで
視力０・１の
君のメールが届く

見えない眼で
夜道を
逢いに来た君だ
間に合ったねと
七夕の晩ぎりぎりに

君に買ったシャツ
君と海に行くための
サンダル
使わずに
夏が終わる

弱っていく君を
看る
試されているのは私
どこまで人を
愛せるかという

細くていいから
長さが欲しいと
君の先祖の
墓に頼む
命のこと

食事制限中の
クリスマスは
鶏肉もワインもなし
君のジョークが
ご馳走

大きな幸せなど
摑もうとは思わない
幸せは
掌に
入るほどで

君がくれた
ポインセチアが
緑の葉を生んで
続いていく命に
希望を見る日

横浜の雨

生きるつもりなら
大切なものは
手放さないはずだ
不要なものは
一番に捨てる

友達の死に
自分を重ねて
もうこれまでと…
生きる意味は
仕事と決めて

病気の母を
任せては逝けないと
君はきっぱり
幸せになれと
言葉だけを残して

一緒には生きないと
君に言われて
見上げる空には
誰にも見えない
傘マーク

最期の言葉は
ありがとうではなく
ごめん
かもしれないわけだね
それはないよ

すべてのベクトルが
逆を向いているのに
心だけが
君方向に
向かっている

本当に
私のことを思うなら
お願いだから
君
そばに置いてよ

凄まじい稲光を
綺麗だね
と見ていた
横浜駅西口
どしゃ降りの夜

その人の幸せを
考えても考えても
わからない
一つには
なれないことの悲しさ

結ばれるなら
とうに一緒になってる筈
友の言葉
飲みかけの珈琲に
浮かび続ける

ほら見てごらん
というように
割れた守り札
積み上げた紙の下から
顔を出す

手放さなければ
新しいものは
手に入らないよと
女友達の言葉
心を射貫く

一人でも
生きてみようかと
呟いてみる
横浜の
雨上がりの空

一九階のベランダから
この光の中を
跳んでみるほどには
君を愛しては
いなかったのだ

ただ純粋に
美しいと思う
君と見た
最後の
夜景

嵐に打たれて

ひとりでも
大丈夫だよねと
去っていく
強いことが
罪でもあるかのように

君に去られて
何でもありの正月
暮れに買った
海老丸ごとカレーパンが
朝食

ああ　嫌だ！
部屋のぐちゃぐちゃ
たまった仕事
何より
君がいないこと

いつの日か
鬼が
体内《からだ》を食べつくし
殻になるなら
それもよし

別れの理由は
病気や家族
借金と
よくある話に
もうひとつ

助けたかったから
苦労とともに
生きようとした
どんでん返しは
君のほらふき

嵐に打たれたのは
心
このまま
意識がなくなっても
いいかな…と

「噓」の影に
「本当」が隠れて
攻め言葉
やがて「本当」は
木っ端微塵に

生きなきゃと
独りで生きなきゃと
レタスの葉っぱ
かじる
ただかじる

嘘をついたのではなく
本当のことを
言えなかっただけ
なぜ?と
降りやまぬ雨

あんな嘘つき男
と思えば
心が軽くなる
でも
尻尾《しっぽ》が重くなる

スイッチを入れて
夢の世界から
現実に出ていく君
私は現実から
消えていたんだね

残酷なことに
あの恋が
何円《いくら》
であったかが
問われてしまう現実

今日の料理は
極辛のカレー
しかない
馬鹿さ加減に
よく似合う

尻尾が重くて
進めない
いっそのこと
根本から断ち切って
置き去りにしようか

人の幸せを
反比例する心で
見ている私がいる
現実を
背中に背負って

いいこともあるさ
ずっと控えてたけど
欲しかったケーキを
頬張りながら
大声で言ってみる

嘘からは
何も進まない
本当に欲しいものは
真実だけが
連れてくる

思いっきり
泣きたい夜がある
更地にして
新しい
朝日を見るのだ

ほらふき男爵

君の夢の中で
存在していた私
覚めれば
追い求める
真実のかけら

冗談と嘘は
紙一重
信じれば
果て無く広がる
夢の世界

大リーグボール養成ギプスも
地獄車階段落ちも
親父にやらされたという
今なら虐待よと
大笑い

【大リーグボール養成ギプス】　梶原一騎原作のアニメ『巨人の星』で主人公 星飛雄馬がつける筋力増強装置。
【地獄車階段落ち】　梶原一騎原作のドラマ『柔道一直線』に登場する技とその練習法。

参拝客が
手を打てば
社の陰から
悪戯《いたずら》な君の声
「まかせなさい」と

酔っぱらえば
ゴールデンレトリバーが
冷蔵庫から
水を持ってくると…
何度も自慢して

譲った犬二匹が
自分を慕って
断食死
駆けつけた私を
送り帰した夜

高級マンションを通るたび
息子たちは居るかなあと
駐車場を見る
楽しそうに
ハンドルを切って

「ここを家と思うから」
「いってきます」と
出ていく君
演技よろしく
喜んだ私

立派な糖尿病なのに
「違います！」
って啖呵切る
医者も呆れた
君って全く

タバコ吸ったでしょ？
―いや―
嘘ばっかり！
今　確かに
目が泳いでた

嘘の香りは
漂わせていた
ただ
その香りから
顔を背けていた

嘘の香りを
問わなかったのは
仕事のせい
忙しさは
人を狂わせる

借金で失ったわけじゃない
別荘も
ヨットも
高級車三台も
最初からなかった

高級マンションには
犬も息子もいない
そもそも
君の苗字は
ない

亡き妻と
私
誕生日が一緒
思わずついた嘘が
最初の綻び

居もしない部下の話を
延々
問い詰めれば
構想はあったと…
開いた口が塞がらない

辻褄《つじつま》合わせに
苦労して
出てくる襤褸《ぼろ》に
埋もれた
君

「嘘ついてごめんね」
だけは言えなくて
嘘が嘘を呼んだ
嘘つく自分に
嘘ついた

クレオパトラじゃないけど
君の鼻が
もう少し低かったら
結果は
違っていたかもしれないね

「別れよう」と
出ていっては
「ごめん」と戻って来た
叱られた子供のように
項垂《うなだ》れて

鍵の開《あ》いた
我が家の前で
五時間の見張り
ほらふき男爵の
本気の夜

あれもこれも嘘
でも
嘘であってほしかった
病気と借金だけは
本当

生きるためか
人を
楽しませるためか
嘘も冗談も
君の友達

海老ばかり食べる
男《やつ》だった
嬉しそうな横顔を
呆れて見てるのが
幸せだった

夢から覚めるのは
いつも突然
幸せな夢なら
ずっと
引きずっていたいよ

星なき夜

ひとりぼっちに
なった夜は
月もなく
星もない
ただ道がある

バッテリーが
古びたのかも
抜け殻の
今日の顔を
まじまじ

君が来なくなって
雑然の部屋
心をも写したよう
もう少し
このままでいいよね

ブーゲンビリアが
陽の欠片《かけら》を
散りばめて
君のいない
空間を埋める

人生は
思ったようには
進まぬ不思議
単純に生きてみたいと
呟いてみる

終夏の花火
背に
家路につく
あの日の君を
手繰り寄せながら

沈みかけている船に
乗り込むことは
できなかった
離れようとしない君を
助けることも

出会った意味が
わからぬままに
過ぎた「時」
もう
何もできない

星のない夜空に
立ち止まってみる
吹く風の向こうに
まだ見えない光を
感じてみる

留まっても後悔
進んでも後悔
ならば
進むほうが
よいのかな

苦しいから
誰かの幸せを
祈ろう
いつか自分に
巡ってくるかも

君の語りに
すべてをかけて
無と化したエネルギーよ
核《コア》に帰り
甦れ

師走間近にも
咲き続けるハイビスカス
ひと冬越した強さを
まざまざと
見せつける

暖かな光の中で

命掛かった
重い荷物を下ろして
見渡せば
何と世界の
広いこと

立ち上がる
美しさこそを
詠みたいと思う
ひとり
雨風の声を聞きながら

これ以上
傷つくことがない
と思えば
心の整理
ひとつ着く

人は皆
ひとりなのだよと
緩やかな風
耳許を
すぎる

死という
天罰が当たる君を
責めることなんて
できない
傷は自分で舐める

傷つかなければ
進めない途もある
古傷いっぱい
抱き締めて
生きていこう

お金とひきかえに
君一人《ひと》
長生きできるなら
それでいいやと
天を仰ぐ

思いは消せないが
越えることなら
できそうだから
使ってみる
許す　と言う言葉

壊れたシャボン玉の
夢の欠片《かけら》に
笑顔の君が
焼き付いている
幸せをありがとうと

君と私のすごろく遊びも
終わりを告げる
何度振っても
サイコロの目は
あがらなかったね

染み付いている
大切なことを
伝えたかったよ
君に
ありのままから　と

暖かな光の中で
ついた嘘を数えて
まったくねと
笑いあってみたいよ
君と

横浜の雲

冬空が
さくら色
長い戦が終わり
膨らむ
蕾《つぼみ》

大切なのは
結果ではなくて
確かな事実の連なり
どんぐりがころりと
心にはまる

どんなに
大変であっても
それを不幸とは
呼びたくない
自分がいる

寂しさは
人生を膨らませる
語れる勇気が
切り拓く
明日《あした》

たとえそれが
夢の中のできごと
だったとしても
思いは真実
消し去れない

綺麗だねって
君が
しみじみ言ったから
あの瞬間が
あってよかったと思うよ

引き出しの空間に
君の置き場所を
見つけた
出会った意味を
ラベルにして

出逢わなければ
けっして
生まれなかった
人生の彩りと
この五行歌《うた》たち

あの日
花火を見ていた桟橋に
ひとり佇む
春の海は
おだやか

赤レンガに残る
君と私の軌跡も
遥かな歴史の
点としてのみ
過ぎる

未知のことが
ありすぎる
海よりも宇宙《そら》よりも
人の心は
広くて深い

久しぶりに
見上げた
横浜の空には
蒼の高みに
羽の雲

跋　恋の深みにあるもの

草壁焰太

横浜は関東に住むものにとっても、憧れの都市である。この街で恋をすると、どんな思いがするものか。この歌集は、憧れの街での絵物語のような歌で綴られる。

横浜の空が
いつも綺麗なのは
特別何かを
しているわけじゃない
きっとあなたがいるからだ

ここは
海と光の街
手をつないで
歩くことが
似合う街だ

昼に
君の余韻をのせて
歩く煉瓦道
蟬の声
しきり

カーテンを開けて
光と
君を
纏《まと》って眠る
ベイサイド

日本でいちばんおしゃれな街で繰り広げられるおとなの恋。観光案内も平行してくれているような歌の数々、理想の恋に酔うように読み進む。しかし、恋には暗転が付きものなのか。

八十六頁の一首から、物語は逆転する。

一瞬にして
真っ黒に変わる
オセロ盤
背負わされた
借金の額に唖然

「大丈夫だよ」
向けた背中に
力ない君が
透けている
告知を聞いた日

大きな借金があり、母の介護があり、脳腫瘍の告知も受けた人だった。そのうえ、いつも楽しませてくれた大きな話が、ぜんぶ嘘だった。

恋物語に酔って楽しく歌集を読んでいた私は、あまりにも意外な展開に驚き、歌集の構成に問題があるのではないかと、山野さんにメールした。

私の中に綺麗な恋で終わらせたいという期待があって、金銭や嘘などのあまりにも興ざめな要素を除いたほうがいいのではないかと思ったのだ。

恋にはかならず終わりはある。

彼女は、何人かの友人に話したらしく、男の人は相手の男に対しては厳しい意見をいう人が多かったらしい。しかし、恋愛の中にいる彼女から見れば、最初から計画的に恋人が自分を騙したというのでなく、気持ちは真実だったと思えた。

彼女自身はありのままを書き、その恋人は「ほらふき男爵」のようなものだと思うことにした。その気持ちを聞いて、私はこの人は大きな人だなと思った。また、なんでも真実を書くのが五行歌だから、それもいいだろうと思うようになった。

さらに、このことは、私自身のもの思いの材料となり、男も女もしょせんはある程度騙し合って恋しているのではないかと思い始めた。恋しているとき、人は自分自身をさえ騙していることが多い。

他人の恋については真実がわからないから、私自身の恋についていうと、真剣に恋した六人の女性たちは、おそらく私のことを人生でいちばんの恋人と思ってくれているだろうと信じている。人にいうと、笑われるかもしれない。しかし、私にはそうとしか思えない。

人が笑うということは、私が女性たちの態度、言葉に騙されていることを意味する。それでも、私は騙されていないと思っている。また、反対に、私は内心彼女らを一番の恋人だったと思っている。六人を一番と思っているのは、おかしな話である。しかし、私はそう確信している。みなが一番なのである。

ということは、私も女性たちを騙しているのかもしれない。そのことによって、お金まで取っていないのであるが、いろいろな物を取っており、実は恋人の家一軒を流してしまったこともあるから、詐欺も詐欺、ほんものの詐欺師だといえなくもない。

いえなくもない？

そうか、私たちは騙し合ってこそ、熱い恋をしてきたのかもしれない。すこしは騙し合わないと、燃えきれないのが恋なのではないか。

とすると、彼女の恋も同様のものだったのだろう。自分を最も愛してくれた相手だから、許したいと思う。彼女は、ほんとうに愛して燃えたのだ。しかし、それでも、彼女自身十九階から飛び降りることはできなかった、とも言っている。つまり、いくぶんかは彼女の側にも嘘はあるのかもしれない。

理屈の多い跋となったが、それでよし、と私も納得した。これは大きな心を持った女性の恋物語である。この歌集を読まれた方は、果たして異性をすこしも騙したことがなかったかどうか、真剣に思ってみられるようお勧めする。

久しぶりに
見上げた
横浜の空には
蒼の高みに
羽の雲

あとがき

五行歌を詠み始めてそろそろ十年になる。もともと、日記など続いたことがなかった私だが、散文と違って短く完結する五行歌は、どちらかというと忙しく飽きっぽい私にとって、今までになく続けられるものとなった。本誌に投稿したり歌会に入ったりして、創作環境をもてたことも大きな助けとなった。

特に歌会では、身の上話も歌にして発表してきた。皆さんいい方々で人生の先輩ばかりだから、心配事があればいつも寄り添い、温かい言葉をかけてくださった。心から感謝している。

この本の出版もそのお陰で実現した。私が困難に直面したとき「そのことを本にしてみたら」と、声をかけて下さったのである。今回、出版のお話を頂いたときに、小説のようなまとまった文章は書けないかもしれないが、五行歌ならこのことをまとめられるかもしれないと思い、発表する勇気が湧いてきた。生まれた歌への愛着もあり、今でなくてはまとめられないという思いもあった。「いい齢して何やってるの」と、馬鹿にされそうな内容ではあるけれど、でもだからこそ、残しておきたかった気がする。たくさんの心の膨らみも、揺れも叫びも、皆、私が懸命に生きた証だと思うからだ。

章題のひとつにした「ほらふき男爵」は、『ほらふき男爵の冒険』というかなり古いドイツの児童書からとった。この児童書の主人公ミュンヒハウゼン男爵は実在の人物であり、自分の冒険を人々に語っていたらしい。戦地に赴いたり、旅をしたりしたときの出来事を面白おかしく話し、人々に自慢していた。内容は奇想天外で現実にはありえないことばかりだ。つまり、ほらふき男爵は嘘つきなわけだが、長い歴史の中で、この話は人々に支持され、読み継がれてきたのである。

本書の恋の終わりは、君の嘘。なぜ嘘をついたのか…。元々の性格なのか、仕事上の習性なのか、或いは計画的なのか。一時期は躍起になって真相を解明しようと思ったけれど、事態が解決に向かううちに「理由はまあいいか」と思うようになった。「君」を「ほらふき男爵」と重ねたら、すこんと落ちた気がした。昔も今も人は様々。それに、すべてがはっきりしたとしても、当時の自分の心の色が変わるわけではない。過去の思いは真実だ。肝心なのは、その思いをもてたかどうかということなのだろう。

様々な思いを感じるほどに、人は豊かになっていくのではないかと思う。一度の人生、何もないより、山も谷もあった方がいろいろな美しさにも出会えるというもの。

最後に、本書の出版にあたり、アドヴァイスをいただいた草壁焰太主宰、三好叙子副主宰、河田日出子さんと、素敵な本に仕上げてくださった水源純さん、井椎しづくさん、事務所の皆さん、また、前述のように私を育ててくださった歌会の方々に、心よりお礼を申し上げます。

どうもありがとうございました。

山野さくら

二〇二〇年七月

山野さくら（やまの さくら）
東京都西東京市生まれ
埼玉県在住
東京学芸大学卒業
2011 年 9 月　五行歌の会入会
2012 年 11 月　五行歌誌「彩」同人
2018 年　多摩モノレール主催「モノレールからことばの贈りもの　第 5 回作品募集」にて、金賞。(2017 年、2019 年入選)
五行歌の会主催の五行歌公募に入選し、『恋の五行歌　300 のトクントクン』(2012 年、市井社)『ホンネの五行歌　だから女はやめられナイ！』(2015 年、明治書院)『恋の五行歌　キュキュン 200』(2020 年、市井社) などに、作品が掲載されている。

横浜の空　五行歌《ごぎょうか》恋物語
2020 年 10 月 10 日　初版第 1 刷発行

著　者　　山野さくら
発行人　　三好 清明
発行所　　株式会社 市井社《しせい》
〒 162-0843
東京都新宿区市谷田町 3-19 川辺ビル 1F
電話　03-3267-7601
https://5gyohka.com/shiseisha/

印刷所　　創栄図書印刷 株式会社
写　真　　著　者
装　丁　　しづく

ISBN978-4-88208-178-4

五行歌五則

一、五行歌は、和歌と古代歌謡に基いて新たに創られた新形式の短詩である。

一、作品は五行からなる。例外として、四行、六行のものも稀に認める。

一、一行は一句を意味する。改行は言葉の区切り、または息の区切りで行う。

一、字数に制約は設けないが、作品に詩歌らしい感じをもたせること。

一、内容などには制約をもうけない。

五行歌とは

五行歌とは、五行で書く歌のことです。万葉集以前の日本人は、自由に歌を書いていました。その古代歌謡にならって、現代の言葉で同じように自由に書いたのが、五行歌です。五行にする理由は、古代でも約半数が五句構成だったためです。

この新形式は、約六十年前に、五行歌の会の主宰、草壁焰太が発想したもので、一九九四年に約三十人で会はスタートしました。五行歌は現代人の各個人の独立した感性、思いを表すのにぴったりの形式であり、誰にも書け、誰にも独自の表現を完成できるものです。

このため、年々会員数は増え、全国に百数十の支部があり、愛好者は五十万人にのぼります。

五行歌の会 http://5gyohka.com/
〒162-0843 東京都新宿区市谷田町三—一九
川辺ビル一階
電話 〇三（三二六七）七六〇七
ファクス 〇三（三二六七）七六九七